CATALOGUE

DE

LIVRES D'ART

DE GRAVURES D'ORNEMENT
DE DESSINS DE MAITRES ET DE FIGURES DÉCORATIVES

COMPOSANT LA

BIBLIOTHÈQUE DE M. E. C***.

ARCHITECTE DÉCORATEUR,

DONT LA VENTE AURA LIEU

Le mercredi 29 et jeudi 30 juin 1870, à deux heures précises,

Hôtel des commissaires-priseurs, rue Drouot

Salle nº 4, au premier,

Par le ministère de Mᵉ DELBERGUE-CORMONT, commissaire-priseur,
Rue de Provence, 8.

————

EXPOSITION AVANT LA VENTE.

PARIS
ADOLPHE LABITTE, LIBRAIRE
4, RUE DE LILLE, 4.

—

1870

CONDITIONS DE LA VENTE.

La vente est faite au comptant.

Les acquéreurs payeront 5 centimes par franc en sus des enchères, applicables aux frais.

ORDRE DES VACATIONS.

PREMIÈRE VACATION. — *Mercredi* 29 *juin*.

Livres, Ouvrages d'art, Livres à figures.... ....   163 à 292

2ᵉ VACATION. — *Jeudi* 30 *juin*.

Dessins et gravures....................................   1 à 162

Paris. — Imprimerie Adolphe Lainé, rue des Saints-Pères, 19.

CATALOGUE

DE

LIVRES D'ART

DE GRAVURES D'ORNEMENT

DE DESSINS DE MAITRES ET DE FIGURES DÉCORATIVES

COMPOSANT LA

BIBLIOTHÈQUE DE M. E. C***

ARCHITECTE-DÉCORATEUR

DESSINS.

—

1. BOILLY (attribué à). Croquis. Le Concert, Conversation et Partie de cartes. 3 pièces in-8.

2. BLONDEL. Cul-de-lampe, dessin in-8, oblong.

3. BLONDUS. Entourage, dessin in-8.

4. CAUVET. Frises. 2 dessins à la pierre rouge, sur une feuille in-fol.

5. Casques au moyen âge, dessin. 20 sujets sur une feuille in-4, recto et verso.

6. CUVILLER père. Plafond, dessin gravé dans son œuvre. 1 f. in-fol.

7. DEEAFOSSE. Dessins signés, *un vase, une gaîne*. 2 pièces in-folio.

8. Ecussons, Dessins du XVIIIe siècle, style Louis XVI. 4 pièces in-8.

9. EICHLER. Frontispice, grand dessin très-riche d'ornements, signé et daté. 1 pièce in-fol.

10. EISEN. Buste entouré d'amours, croquis rehaussé. 1 p. in-fol.

11. FORTY. Croquis, pendule et vase. 2 pièces in-8.
  La pendule a été gravée.

12. FRAGONARD. Aquarelle pour l'ouvrage de Saint-Non. 1 pièce in-fol.

13. Petrus Leo GHEZZIUS. Christ en croix, dessin à la pierre rouge. Gr. in-fol.

14. GUILLEMIN, P. JACQUES, MOZIN, DIAZ. 5 croquis, dont le portrait de Fontaine, peintre. Sur 2 f. in-fol.

15. Fr. Var. HABERMANN. Dessin, cartouche. 1 f. in-fol.

16. HABERMANN. Caisse de carosse Louis XV. 1 pièce in-fol.

17. HUBERT ROBERT. 4 dessins à la pierre noire. Vues d'Italie. 4 pièces in-fol.

18. HUBERT ROBERT. 2 dessins à la pierre rouge. Vues. 2 pièces in-fol.

19. HUET. Croquis d'animaux. 3 pièces in-8.

20. J. KLAGMANN (statuaire). Dessins de pendule. 1 f. in-fol.

21. LUCAS-KILLIAN. Frontispice, dessin. Gr. in-fol.

22. JANYD KÖNIG. Beau frontispice, dessin colorié. 1 f. in-fol.

23. LALONDE. Vase d'Orfévrerie. 1 f. in-fol.

24. LANCRET. Pastorale. Dessin à la pierre rouge. 1 f. in-8.

25. LEMOINE. Plafond, beau dessin. 1 f. gr. in-fol.

26. LEPRINCE. Souvenir de Russie, dessin de femme, à la pierre noire. 1 p. in-fol.

27. Maison d'Augsbourg, façade, dessin du XVII⁰ siècle. 1 f. in-fol.

28. MARILLIER (attribué à). La Matrone d'Ephèse, beau dessin in-fol.

29. LOUIS MARVY ET PEQUEGNOT. Paysages, croquis. 2 pièces signées.

30. MAÎTRES ITALIENS. Dessins pour tableaux, décorations, etc. 17 pièces in-fol.

31. Maître italien. Entourage d'architecture pour la scène d'un théâtre. 1 f. in-4.

32. Maître italien. Autel, dessin à la plume. 1 f. in-4.

33. Maître allemand. Grand frontispice du XVIII⁰ siècle. 1 f. in-fol.

34. MAÎTRES ALLEMANDS. Dessins de meubles, XVIII⁰ siècle. 3 pièces gr. in-fol. *Beaux dessins.*

35. Maître allemand. Dessins d'ornements. 4 pièces in-4.

36. MAITRE ALLEMAND. Cartouches et ornements. 3 dessins gr. in-4, XVIIIe siècle.

37. Maître allemand. Dessin d'autel. 1 f. gr. in-fol.

38. NANTEUIL (Célestin). Aquarelle, sujet d'ornementation. 1 f. in-8.

39. NILSON. Écusson, dessin. 1 f. in-8.

40. NILSON. Dessins gravés, vies des saints. 2 pièces in-8. *Beaux dessins.*

41. NILSON. Cartouche, cadre et ornements. Beau dessin in-4.

42. NILSON. Entourage, avec écusson, pour un portrait, dessin in-8,

43. NILSON. Dessin. Décoration. 1 f. in-4.

44. PASTELOT. Croquis à la plume, signé, caricature, 1 f. in-8.

45. Paysages par divers. 3 dessins in-fol.

46. Plafond. Dessin d'un maître italien, XVIIIe siècle. 1 f. gr. in-fol.

47. Plafonds. Dessins aux armes d'un pape. 2 pièces.

48. Portrait. Conseiller badois. Entourage très-riche d'ornements. 1 p. in-fol. Beau dessin.

49. RAFFET. Croquis à la plume. 2 pièces.

50. Théodore ROUSSEAU. Intérieur de forêt, étude, 1 f. in-fol.

51. SAINT-AUBIN (Gabriel). Très-beau croquis. 1 pièce in-fol.

52. Sainte Famille. Beau dessin colorié. 1 f. in-fol.

53. Sainte Famille. Beau dessin in-4 (école de Golzius).

54. Salembier (d'après). Dessin d'ornement à la pierre rouge. 1 f. in-fol.

55. Sujet religieux. Dessin du XVIIe siècle. 1 f. gr. in-fol.

56. VERDIER. Dessins à la pierre noire, sujets de bataille. 2 pièces in-fol.

57. VINCENT. La Clémence d'Auguste, dessin à la plume. In-fol. obl. encadré.

58. Vues de jardins, dessins à la pierre rouge. 2 pièces in-fol.

59. WACHSM (J.). Cartouche, dessin. Gr. in-fol. en longueur.

60. WACHSMUTH. Autel, dessin. Gr. in-fol.

61. WATTEAU (Antoine). Étude de femme, dessin. 1 f. in-4.

62. WATTIER (Émile). Milieux d'éventails, dessins. 2 pièces in-4, signées.

63. WATTIER (Émile). Cartouche, avec enfants, croquis. 1 f.
in-8.

64. WILL (George). Paysage, dessin à la plume et au lavis.
1 f. gr. in-fol.

GRAVURES.

65. ALDEGRAVE. Figure et ornements. *Jolie pièce, rare.*

66. ALDEGRAVE. Les sept Péchés capitaux. 7 pièces.
Suite rare.

67. AUGUSTIN-VENETIEN. Hercule enfant. Pièce in-4.

68. BOILLOT (J.). Thermes. 5 pièces in-fol.

69. BOIVIN (René). Salière. Pièce in-4, remontée. *Rare.*

70. BOIVIN (René). Ornementations. 3 pièces in-4. *Rares.*

71. BOLOMEY. Gravures pour la Bibliothèque de campagne.
20 pièces.

72. BOUCHARDON. Vases. 6 pièces.

73. BOUCHER. Frontispice et pièce d'après Watteau. 2 f.
in-fol.

74. BRY (Théod. de). Pièces diverses. 6 pièces in-12.

75. BRY (Théod. de). Impératrices romaines. 7 pièces.

76. CALLOT (Jacques). Parterre de Nancy. Pièce in-fol.
Rare.

77. Cartouches Louis XV. 8 pièces in-4.

78. Cartouches ; style de la renaissance. 16 pièces diverses.

79. CAUVET. Panneau et frise d'ornement. 2 pièces in-fol.

80. Chapiteaux. 2 pièces in-fol.

81. CHOFFARD. Fleurons divers. 7 pièces in-8 et in-4.

82. COCHIN. L'Astronomie, l'Histoire, la Sculpture et l'Op-
tique. 5 pièces in-fol.

83. COIGNY. Vignettes pour les fables de La Fontaine. 20 pièces avant les numéros.

84. COLLAERT (Ad.). Les quatre Éléments. Pièces in-4. *Belles
épreuves.*

85. DECKER. Les cinq Sens. 5 pièces in-fol.

86. DELLA BELLA. Le Pont-Neuf. 1 pièce in-fol.

87. DESHAYES. Épisodes de la vie de saint Pierre. 2 planches in-fol.

88. DIDIER, d'après le Campagnola. Le Repos, épreuve sur chine. 1 f. in-fol.

89. DIETERLIN. Architecture, épreuves choisies. 25 pièces in-fol.

90. DIETERLIN. Architecture et ornementation. 4 pièces in-fol.

91. DUCERCEAU. Architecture. 10 pièces in-fol.

92. DUCERCEAU. Thermes. Salle des Cariatides au Louvre. 2 ff. in-fol.

93. DUPLESSIS fils. Vases. 5 pièces in-fol.

94. DURER (Alb.). Melancholie. 1 f. in-fol.

95. DURER (Alb.). Saint Marc. 1 pièce in-4.

96. DURER (Alb.). La Circoncision. In-fol. Ancienne épreuve.

97. EISEN. Vignettes pour divers ouvrages. 189 pièces in-8 et in-12.

98. EISEN, COCHIN, CHOFFARD, etc. 70 vignettes pour divers ouvrages, in-8 et in-12.

99. Femme et Satyre. — La Lutte. 2 pièces au monogramme P. M. 1577. In-16.
     Pièces rares.

100. Les Fous, gravure sur bois. 1 f. in-fol.

101. FORTY. Horloges, suite complète. 6 pièces.

102. FORTY. Rampes et balcons. 10 belles pièces in-fol.

103. FORTY. Calices. 2 pièces.
     Belles épreuves.

104. Frontispices gravés, sujets allégoriques. 8 pièces.

105. La Géographie et la Poésie, pièces imprimées en couleurs.

106. GHISI (J. B.), d'après Jules Romain. Les Troyens repoussent les Grecs jusque dans leurs vaisseaux. 1 f. in-fol.

107. GOEZ (G. Bern.). Les cinq Sens. 3 pièces.

108. GOLTZIUS. Figures pour les Métamorphoses d'Ovide. 29 planches. *Belles épreuves*.

109. GOLTZIUS. Évangélistes. 4 pièces.

110. GOLTZIUS. Deux Soldats. — Saint Pierre. — L'Ouïe. — Le Goût. — Le Toucher. 6 pièces.

111. Gravelot, Boucher, Lebarbier, etc. 87 vignettes in-8 et in-12.

112. Gravelot. Illustrations pour divers ouvrages. 121 pièces in-8 et in-12.

113. Gravures au trait, d'après les originaux anciens et modernes. Environ 200 pièces dans un album in-fol. obl.

114. Habermann (Xavier). Pièces diverses d'ornementation. 12 pièces.

115. Hutin. Fontaines. 4 pièces in-4.
Belles épreuves.

116. Killian (Lucas). Lettres ornées. 5 pièces in-4.

117. Kolb. Fontaine et paysage. Épreuve avant toute lettre. 1 f. gr. in-fol.
Belle épreuve.

118. Lafage (J.). Bacchanales. 3 pièces à l'eau-forte.

119. Lepautre. Vases et fontaines. 16 planches.

120. Lepautre (J.). Portes, suite complète. 6 pièces in-fol.

121. Loir. Orfévrerie Louis XIV. 4 pièces in-4. *Rares.*

122. Loir (N.). Sujets divers. 26 pièces.

123. Lucas de Leyde. L'Enfant au casque. 1 pièce in-8.

124. Maître au Dé. Fleuves. 1 pièce in-fol. *Belle épreuve.*

125. Maître hollandais inconnu. Les douze Mois. Suite complète.

126. Mariette. Les douze Impératrices. — Les douze Césars. Suite de 24 planches, in-fol. *Belles épreuves.*

127. Marillier. Vignettes pour divers ouvrages. 32 pièces.

128. Marot (Daniel). Architecture, pièces diverses. 6 pièces gr. in-fol.

129. Martin de Vos. Les cinq Sens. 5 pièces in-4. *Belles épreuves.*

130. Mauperche. Paysages. 16 pièces gravées à l'eau-forte.

131. Monnet. Illustrations pour divers ouvrages. 259 pièces in-8 et in-12.

132. Monsaldy, d'après Isabey. Portrait de madame Dugazon. 1 f. in-4 en couleurs. (*Rare.*)

133. Montaigne. Paysages. 12 pièces grav. à l'eau-forte. (*Rare.*)

134. Moreau le jeune. Le Chevalier d'Assas. — Henri IV chez Michaud. *Épreuve avant la lettre.* 2 pièces.

135. Moreau le jeune et Cochin. Vignettes diverses. 11 pièces.

136. Moreau le jeune. Réception de Mirabeau aux Champs-Élysées. 1 p. in-fol. *Belle épreuve.*

137. Nilson. Pièces diverses d'ornementation. 23 pièces.

138. Nilson. Pièces diverses. 8 pièces in-fol.

139. Nilson, Baumgærtner, Klauber, etc. Ornementation. 28 pièces in-4.

140. Norblin. Œuvre complet. 113 pièces. *Belles épreuves.*

141. Paysages, par divers. 16 pièces in-fol.

142. Perelle. Vues diverses. 107 pièces in-4 obl.

143. Petitot. Costumes à la grecque. 6 pièces en couleurs.

144. Pièces diverses, gravures. Lot de 10 pièces in-fol.

145. Pietro Testa. Le Sacrifice d'Abraham. 1 f. in-fol.

146. Pillement. Pièces diverses. 17 pièces.

147. Portraits. 6 pièces in-4 et in-8.

148. La Religieuse. — Triton et Néréide, etc. 3 pièces in-16, au monogramme A.

149. Saint-Quentin. Diane et Vénus. 2 pièces.

150. Sadeler, d'après J. de Winghe. Loth et ses filles. 1 f. in-fol.

151. Salembier. Ornements. 4 pièces in-fol. tirées en rouge et en noir.

152. Sambin. Thermes. Suite de 36 pièces gravées sur bois, in-fol.

153. Vases. Style Louis XVI, par divers. 14 pièces.

154. Vie du Christ. 34 pièces in-18 carré.
   Ces pièces portent la signature G. L. et sont rares.

155. La Vierge. — Hercule. — Le Sacrifice d'Abraham. 3 pièces au monogr. A.

156. Vignettes pour divers. 18 pièces in-8 et in-12.

157. Virgile de Solis. Orfévrerie. 2 pièces. (*Rares.*)

158. Virgile Solis. Frises. 2 pièces.

159. Vreedeman Vries. Thermes, fontaine. 2 p. in-fol.

160. Watteau. Têtes. 4 pièces in-4 gravées à l'eau-forte.

161. Watteau. La Poursuite. 1 pièce gravée par Joullain.
   Pièce rare.

162. Sous ce numéro seront vendus plusieurs lots de planches d'ornementation.

LIVRES

ARCHITECTURE.

163. Vitruvii Pollionis zehen Bücher von der Architectur und kunstlichem Bawen, verteutscht durch C. Rivium. *Basel*, 1575, in-fol. d.-rel. *avec un grand nombre de figures sur bois.*

164. SEB. SERLIO. Architectura. *Venetia*, 1663, in-fol. vélin. *Nombreuses figures.*

165. Teulen Buch, oder grundlicher Bericht von den fünf Ordnungen der Architecturkunst, etc. *Nürnberg*, 1672, in-fol., parch. *Nombreuses planches d'architecture.*

166. ABRAHAM BOSSE. Traité de la manière de dessiner les ordres de l'architecture antique en toutes leurs parties. *Paris*, 1684. — Des Ordres de colonnes en l'Architecture et plusieurs autres dépendances d'icelle. — Représentations géométrales de plusieurs parties de bâtiments faites par les règles de l'architecture antique. *Paris*, 1688. 3 part. en 1 vol. in-fol. v. (Rare.)

167. PARALLÈLE de l'architecture antique et de la moderne, contenant les profils des plus beaux édifices de Rome. Seconde édition augmentée. *Paris, Jombert, s. d.* in-fol. v.

Volume entièrement gravé.

168. DAVILER. Cours d'architecture, comprenant les ordres de Vignole et plusieurs nouveaux dessins sur tout ce qui regarde l'art de bâtir. *Paris, Mariette*, 1720, 2 vol. in-4, v. br., 103 planches.

169. NEUFFORGE (de). Recueil élémentaire d'architecture. *Paris*, 1758, 8 tomes en 5 vol. in-fol. d.-rel., plus un vol. de supplément.

Nombreuses planches d'architecture et d'ornementation.

170. LUCOTTE. Vignole moderne, ou Traité élémentaire d'architecture. *Paris*, 1784, 2 t. en 1 vol. in-4 vél., 72 planches.

171. Briseux. Traité du beau essentiel dans les arts, appliqué particulièrement à l'architecture. *Paris*, 1752, 2 vol. in-4, d.-rel. v.

Ouvrage entièrement gravé. 98 planches d'architecture et d'ornementation.

172. Androuet du Cerceau. Recueil factice comprenant un titre, 6 fenêtres, 19 cheminées, 6 fontaines, 6 puits. — Ensemble 37 pièces.

Belles épreuves avec marges.

173. Androuet du Cerceau. Theatrum instrumentorum et machinarum Jac. Bessoni. *Luyd.*, 1582, in-fol. d.-rel. (*Piqûre.*)

Volume orné d'un beau titre et de 60 planches à l'eau-forte. Quelques-unes de ces planches, celle du char, etc., sont les plus belles de l'œuvre de Du Cerceau.

174. Blondel. Cours d'architecture, ou Traité de la décoration, distribution et construction des bâtiments. *Paris*, 1771, 9 vol. in-8 d.-rel. mar. non rogn. *Nombreuses figures.*

175. Blondel. De la Distribution des maisons de plaisance. *Paris, Jombert*, 1737, 2 vol. in-4, v. figures.

Rare et recherché.

176. Briseux. L'Art de bâtir les maisons de campagne. *Paris*, 1743, 2 v. in-4, v. *Nombreuses planches.*

177. Lebrun et Mignard. Plafonds. 11 pl. gravées par Audran. Gr. in-fol. cart.

Très-belles épreuves anciennes.

178. Détails gothiques. *Liége, Glæsen.* In-4 dans deux cartons, planches noires et coloriées.

179. Emile Amé. Les Carrelages émaillés du moyen âge et de la renaissance. *Paris, Morel*, 1859, in-4, cartonné, *figures en couleurs.*

180. Description historique de l'hôtel royal des Invalides, par l'abbé Perau, avec les plans, les peintures et les sculptures de l'église, dessinées et gravées par Cochin. *Paris, Guill. Desprez*, 1756, in-fol. v. m.

Belles épreuves.

181. Histoire archéologique, descriptive et graphique de la Sainte-Chapelle du Palais, par Decloux et Dowry. *Paris, Morel*, 1865, in-fol. d.-rel., 25 pl. noires et coloriées.

182. Recueil des fondations et établissements faits par le Roi de Pologne dans la ville de Nancy. *Lunéville*, 1762, in-fol. broché.

Ce volume renferme les belles planches des grilles, fontaines et balcons de Lamour, à Nancy.

183. OWEN JONES. Plans, elevations, sections and details of the Alhambra. *London*, 1842, 2 vol. gr. in-fol. d.-rel. mar. *Figures noires et coloriées.*

Très-belle publication.

184. WILLIAM CHAMBERS. Plans, elevations, sections and perspective views of the gardens and buildings at Kew, in Surry. *London*, 1763, in-fol. v. 43 *planches d'architecture et d'ornementation.*

Dans le même volume se trouve une suite de 22 planches sur l'architecture et les meubles des Chinois.

185. Studio d'architettura civile sopra gli ornamenti di Porte, Finestre, etc., tratti da alcune Fabricche di Roma. *Roma*, 1702, in-fol. d.-rel. 141 *planches.*

Tome Ier.

186. ROUBO. L'Art du menuisier, du menuisier en meubles, du menuisier carrossier. *Paris*, 1769-72. 4 vol. in-fol. d.-rel. 276 planches.

ORNEMENTATION.

187. ALBERTOLI. Ornamenti diversi incisi da Mercoli. *Milano* (1782). In-fol. 24 planches.

188. ALBUM de planches du Moyen Age et de la Renaissance. 100 planches noires et coloriées. In-4, cartonné.

189. LES ARTS SOMPTUAIRES. Histoire du costume et de l'ameublement, du ve au xviie siècle. *Paris*, 1863. 4 vol. in-4, br. *Figures noires et coloriées.*

190. BOUCHER. Suite complète de fontaines, 7 planches. — DE LA JOUD ET MOUDON. Sept livres de cartouches. — Trois livres de formes rocailles, ornées de figures de modes, etc. — Ensemble, 87 planches in-4, d.-rel.

191. CHENAVARD. Recueil de dessins de tapisseries, tapis et autres objets d'ameublement. *Paris*, 1728, in-fol. d.-rel. 30 *planches.*

192. CUVILLIER FILS. Œuvre complet. Ornements, fontaines, cartouches, architecture. — (1770.) 300 pl. in-fol. demi-rel.

Bel exemplaire grand de marges.

193. J.-C. DELAFOSSE. Nouvelle Iconologie historique (Décorations, fontaines, cartouches, dessus de portes, trophées,

vases, pendules, etc.) *Paris*, 1768, gr. in-fol. v. 108 planches et texte gravé.

Volume fort rare et très-estimé. Belles épreuves.

194. ESTIENNE DE LAUNE. Piéces diverses. 30 pièces montées, en 1 vol. in-8 cartonné.

Très-rare.

195. DELLA BELLA. Libro di diverse cartelle o scudi d'Armi, disegnate da Stefano Della Bella. *Roma, s. a.* 13 ff. pet. in-fol. cart.

Cartouches et ornements.

196. DEORUM DEARUMQUE Capita ex antiquis numism. Abr. Ortelii collecta. *Antuerpiæ*, 1602, 58 planches. — XII Cæsarum Romanorum Imagines. *Antuerpiæ*, 1603. 12 planches et le titre, pet. in-4, broché, nombreux témoins.

Ouvrages rares et recherchés pour les ornements et arabesques dont chaque planche est ornée.

197. GIARDINI. Promptuarium artis Argentariæ. *Romæ*, 1750, 2 tomes en 1 vol. in-fol. d.-rel. n. rogn.

Cent planches. Belles épreuves,

198. Inigo Jones. Designs published by J. Ware, *w. y.* In-4, parchemin (53 planches.)

Cheminées, plafonds, intérieurs, etc.

199. AL. LENOIR. Nouvelle Collection d'arabesques propres à la décoration des appartements. *Paris, s. d.* in-4, cartonné.

200. LEPAUTRE. Alcôves à la romaine et à l'italienne. — Fontaines et jets d'eau. — Vases. — Cartouches. — Trophées d'armes. — Bénitiers. — Tombeaux. — Salières. — 126 feuilles in-4, rel.

Belles épreuves anciennes remontées gr. in-4. Suites complètes.

201. LEPAUTRE. Portraits d'église. — Tombeaux. — Bénitiers. — Retables. — Autels. — Tabernacles. — Confessionnaux. — Portes. — Placards. — Cheminées. 96 feuilles pet. in-fol. v.

Belles épreuves, grandes marges, suites complètes.

202. LEPAUTRE. Frises. — Feuillages. — Moulures. — Grotesques. — Tabernacles. — Portes. — Portraits. — Bénitiers. — Appliques. — Flambeaux. — Jets d'eau. 109 feuilles, pet. in-fol. remontées.

Belles épreuves. Suites complètes.

203. LIÉNARD. Spécimens de la décoration et de l'ornementation au XIXᵉ siècle. *Liége, Glæsen.* 125 planches dans un carton.

204. LIVRE DE PRIÈRES, illustré à l'aide des ornements des manuscrits reproduits en couleurs et publiés par Ch. Mathieu. *Paris,* 1862, pet. in-8, d.-rel. et planches coloriées en 1 carton.

Volume d'une exécution remarquable.

205. G. MONTANI. Diversi ornamenti capricciosi per depositi o altari. *Roma,* 1625, in-fol. cart., 28 planches.

Suite complète et rare.

206. PERCIER et FONTAINE. Recueil de décorations intérieures. *Paris,* 1812, in-fol. d.-rel. 72 planches.

Exemplaire du roi à Neuilly.

207. R. PFNOR. Ornementation usuelle de toutes les époques dans les arts industriels et en architecture. *Paris,* 1866, 68, 2 vol. in-fol. d.-rel. *Figures noires et coloriées.*

208. QUELLINUS. La première (et la seconde) partie de figures et ornements de la Maison de ville d'Amsterdam. 1665, 2 part. en 1 vol. in-fol. d.-rel.

Ce volume renferme un grand nombre de planches d'ornementation.

209. RAMBERT. Le Mal, planches diverses d'ornementation, etc. 25 lithographies, in-fol. sur chine, cartonné.

210. SCHYNVOET. Tombeaux, pyramides, vases. 1701. Suite de 45 pièces. *Belles épreuves.*

211. WYATT (D.). The Art of illuminating, as practised in Europe, from the earliest times. *London,* 1860, in-4, cart. 100 planches en couleurs.

LIVRES A FIGURES.

---

212. BIBLIA LATINA. *S. l. et anno,* in-8, rel. *Nombreuses figures.*

Le titre manque.

213. BIBLE, en allemand, avec figures. In-4 obl. (*La signature A manque.*)

214. LA SAINTE BIBLE. Traduction nouvelle, suivant la Vulgate. Dessins de Gust. Doré. *Tours, Mame,* 1866, 2 vol. gr. in-fol. cart. fig.

215. THOMAS DE LEU. Monumenta sanctioris philosophiæ quam
severa Anachoretarum disciplina, vitæ et religio docuit.
S. l. n. d., in-4 obl. 27 planches.

Premières épreuves. Grandes marges.

216. OTTO VÆNIUS. Vita D. Thomæ Aquinatis. *Bruxellis*, 1778,
in-fol. d.-rel. 30 planches et titre gravés.

217. HANS BURGMAIER. Images des saints et des saintes issus
de la famille de l'empereur Maximilien Ier. *Vienne*, 1799,
in-fol. vélin, non rogné.

Premier tirage de 119 bois originaux gravés au seizième siècle et conservés
dans la Bibliothèque impériale de Vienne.

218. ANDR. VESALII de Humani Corporis fabrica. *Basileæ*,
s. a., in-fol. v. figures.

219. THÉORIE des sentiments agréables (par l'évêque de
Pouilly). *Paris*, 1749, in-12, v. (*Culs-de-lampe de Sève.*)

220. E. S. JEAURAT. Traité de perspective à l'usage des artis-
tes. *Paris, Jombert*, 1750, in-4 bas. 140 planches.

Culs-de-lampe de Babel.

221. SÉBASTIEN LE CLERC. Pratique de la géométrie sur le papier et sur le terrain. *Paris*, 1682, in-12, v. br. (*Figures.*)

222. ARMENGAUD. Les Chefs-d'œuvre de l'art chrétien. *Paris,
Lahure*, 1858, in-4, cart. (*Figures.*)

223. RAPHAEL SANZIO. Psyches et Amoris nuptiæ et fabula ;
Romæ, in Farnesianis hortis, colorum luminibus expressa.
Romæ, de Rubeis, 1693, gr. in-fol. oblong. cart. n. rog.

Belles épreuves.

224. RAPHAELIS URBINI VII. Tabulæ in Pinacothecâ Hampto-
nensi conservandæ. *Londini, s. a.*, in-fol. cart. n. rogn.

225. ANN. CARRACHE. Galeria nel Palazzo Farnese in Roma,
dipinta da Ann. Caracci ed intagliata da Carlo Cesio. (*Roma*,
1657), in-fol. d.-rel. fig.

226. ANNIBAL CARRACHE. Galeriæ Farnesianæ icones, à Petro
Aquila delineatæ. *Romæ, Jac. de Rubeis, s. a.*, 21 planches
gr. in-fol. v. ant.

Très-belles épreuves.

227. BERNARD PICARD. Les Impostures innocentes, ou Recueil
d'estampes d'après divers peintres illustres tels que Raphaël,
Le Guide, Rem'rant, etc., gravées par Bernard Picard.
Amst., 1734, in-fol. v. br. 74 planches.

Exemplaire grand de marges. Belles épreuves.

228. Ch. Le Brun. La Grande Galerie de Versailles et les deux salons qui l'accompagnent, peints par Le Brun, dessinés par J.-B. Massé. *Paris, Impr. roy.*, 1752, in-fol. v.

Premières épreuves.

229. Le Brun. Tapisseries du Roy où sont représentez les quatre élémens et les quatre saisons, avec les devises qui les accompagnent. *Paris, Cramoisy*, 1679, in-fol. v. br.

Grandes planches et culs-de-lampe. Anciennes épreuves.

230. M. Z. Boxhornii monumenta illustrium virorum et elogia. *Amst., apud Janssonium*, 1638, in-fol. *Titre gravé et figures.*

231. Mittelli. L'Arti per via. *Bologna*, 1660, 38 planches in-fol. d.-rel. (*Ancien tirage.*)

232. Abbé de Saint-Non. Recueil de griffonnis, de vues, de paysages et sujets historiques, gravés tant à l'eau-forte qu'au lavis. *Paris, s. d.*, 296 planches en 158 feuilles, d.-rel. n. rogn.

233. Collection Sauvageot, dessinée et gravée à l'eau-forte par Ed. Lièvre; accompagnée d'un texte explicatif par A. Sauzay. *Paris, Noblet et Baudry*, 1863, 2 vol. in-fol. d. rel. *Fig. sur chine.*

Bel exemplaire.

234. Versuche über das Kostum. *S. l. n. d.*, in-4 obl. figures en couleurs.

235. La Théorie et pratique du jardinage, où l'on traite à fond des beaux jardins, qui sont appelés les jardins de propreté. *Paris, J. Mariette*, 1709, in-4, v. *Figures.*

236. Zuccari. Illustri fatti Farnesiani coloriti nel real palazzo di Caprarola. *Roma*, 1748, in-fol. v. m. fil. tr. dor.

Très-belles épreuves. Portraits de Philippe d'Espagne, Henri II, François Iᵉʳ, Paul III et Charles-Quint.

237. Abrégé historique des principaux traits de la vie de Confucius, célèbre philosophe chinois. *Paris, s. d.*, in-4, d.-rel. 24 planches.

Volume entièrement gravé.

238. Anacréon, Sapho, Bion et Moschus, trad. nouvelle (par Moutonnet de Clairfond). *Paphos*, 1780, gr. in-8, rel.

3o figures, vignettes et culs-de-lampe d'Eisen.

239. Ovide. L'Art d'aimer et le remède d'amour, trad. en vers français. *Amst.*, 1757, in-12, v. *Figures de Vanloo et d'Eisen.*

240. ANT. TEMPESTA. Metamorphoseon sive transformationum
Ovidianarum libri. *Se vendent à Paris chez Moncornet, rue
des Goblins*, in-4, obl. 129 planches.

Suite incomplète. Planches remontées.

241. FABLES DE LA FONTAINE, avec les dessins de Gustave
Doré. *Paris, Hachette*, 1868, in-fol. d.-rel. fig.

242. ORIGINE DES GRACES, suivie de contes (par mademoiselle
Dionis). *Paris*, 1777, in-8, v. *Figures de Cochin.*

243. LES QUATRE HEURES de la toilette des dames, poëme
érotique en quatre chants, par De Favre. *Paris, Bastien*,
1779, gr. in-8, v. m.

Titre, gravures et culs-de-lampe par F. Le Clerc.

244. POPE. Essai sur l'homme, trad. française. *Lausanne*,
1762, in-4 bas. *Portrait gravé par Will, vignettes et culs-
de-lampe par Soubeyran.*

245. CORNEILLE (Pierre). Œuvres avec des commentaires (par
Voltaire). 1764, 12 vol. in-8, v. f. tr. dor. *Figures de Gravelot.*

246. LE SAGE et D'ORNEVAL. Le Théâtre de la foire. *Amst.*,
1722, 6 vol. in-12, d.-rel. figures.

247. LONGUS. Les Amours pastorales de Daphnis et Chloé,
trad. en français par J. Amyot. *Lille*, 1792, in-12, d.-rel.

Figures du Régent ajoutées.

248. ERASME. Eloge de la Folie, trad. par Gueudeville. *S. l.*,
1751, in-12, v. *Figures d'Eisen.*

249. CERVANTÈS. L'Ingénieux Don Quichotte de la Manche,
trad. de Louis Viardot; avec les dessins de Gustave Doré.
Paris, Hachette, 1863, 2 vol. in-fol. cartonnés, fig. sur
chine.

250. FONTENELLE. Œuvres diverses. *La Haye*, 1728, 3 vol.
in-fol. d.-rel. *Vignettes et culs-de-lampe de Bernard Picart.*

251. DORAT. Œuvres. *Paris*, 1764-80, 20 vol. in-8, d.-rel.
Nombreuses figures d'Eisen, bonnes épreuves.

252. SALOMON GESSNER. Œuvres. *Paris, Renouard*, 1795,
4 vol. gr. in-12, papier vélin, d.-rel. *Fig. de Moreau.*

253. ORTELIUS. Theatrum orbis terrarum. (*Antuerp., Plantin*),
s. a., in-fol. d.-rel.

Les cartes sont ornées de cartouches variés. Le titre manque.

254. ROBERT DE VAUGONDY. Nouvel Atlas. *Paris, Delamarche*,
1784, in-4, v. m.

Titre gravé. Écussons.

255. BELLIN. Atlas de l'île de Corse. 1769, in-4, d.-rel. 35 cartes.

256. VUILLEMIN. La France et ses colonies, atlas. *Paris, s. d.* in-4, cartonné.

257. VOYAGE pittoresque, ou Description des royaumes de Naples et de Sicile (par l'abbé de Saint-Non). *Paris*, 1781, 5 vol. in-fol. d.-rel. figures et culs-de-lampe.

258. CHOISEUL-GOUFFIER. Voyage pittoresque de la Grèce. *Paris*, 1782, gr. in-fol. v. m. (*Armoiries.*)

Tome Ier. Ce volume, très-bien exécuté, est orné de gravures et culs-de-lampe de Huet, Choffard, Saint-Aubin, etc.

259. CHAPPE D'ANTEROCHE. Voyage en Sibérie. *Paris, Debure,* 1768, 3 vol. in-4, v. *Figures et culs-de-lampe de Leprince.*

260. SÉB. MUNSTER. La Cosmographie universelle (en français). *S. l. n. d.*, in-fol. d.-rel. *Nombreuses planches.*

Le titre manque.

261. CHRONIQUE DE NUREMBERG (en allemand). 1493, in-fol. *Nombreuses figures.*

Le titre manque.

262. JOSEPHUS (FLAVIUS). Joodsche Historien. (*Hollande, s. d.*), in-fol. d.-rel. (*Le titre manque.*)

3oo figures dans le texte.

263. FLAVIUS JOSEPH. Histoire des Juifs, trad. en allemand. 1603, in-fol. p. de tr. fermoirs.

Reliure du temps. Nombreuses figures sur bois.

264. TITUS LIVIUS. Historiarum libri. (Traduction allemande.) *Strasbourg*, 1513, in-fol. p. de tr.

Édition remarquable pour les figures dont elle est ornée.

265. TITII LIVII historiæ. *Franckfort*, 1531, in-fol. p. de tr.

Édition remarquable pour les figures qu'elle renferme. Le titre manque.

266. Historia, oder kurtze Beschreibung der herrlichen und gewaltigen Statt Rom, etc. *Franckfurt am Mayn, Sigismund Feyerabendt*, in-fol. vélin. *Fig. en bois.*

267. Annales, oder historische Chronick der Durchleuchst, erstlich durch Gerardum de Roo, etc. *Augspurg*, 1621, in-fol. vélin. *Grand nombre de figures en bois.*

268. MÉZERAY. Histoire de France. *Paris, Denys Thierry,* 1685, 3 vol. in-fol. C. de R.

Portraits des rois et reines de France, avec entourages variés.

269. MULLIÉ. Les Fastes de la France. *Paris, Bertin,* 1858, 4 vol. gr. in-8, d.-rel. *Figures.*

270. PRÉSIDENT HÉNAULT. Nouvel Abrégé chronologique de l'histoire de France. *Paris*, 1752, in-4, v. m. *Culs-de-lampe de Cochin.*

271. PRÉSIDENT HÉNAULT. Nouvel Abrégé chronologique de l'histoire de France. *Paris, Prault*, 1768, in-4, v. m.

Culs-de-lampe de Moreau jeune.

272. HISTOIRE des conquêtes de Louis XV, ouvrage enrichi d'estampes. *Paris*, 1759, in-fol. v.

Titre par Boucher, culs-de-lampe par Bocquet. Vues de batailles avec entourages.

273. MONUMENTS érigés en France à la gloire de Louis XV, par Patte. *Paris*, 1765, in-fol. v. figures.

Ce volume contient les plans d'un grand nombre de projets pour l'embellissement de Paris.

274. GODONNESCHE. Médailles du règne de Louis XV. *Paris, s. d.*, in-4, v. 52 planches.

Volume entièrement gravé. Entourages dans le style Louis XV.

275. LE SACRE DE LOUIS XV dans l'église de Reims. 1722, gr. in-fol. v, m. tr. dor. (*Aux armes.*)

Bel exemplaire. Chaque planche est ornée d'un encadrement remarquable.

276. REPRÉSENTATION des fêtes données par la ville de Strasbourg à l'arrivée de Sa Majesté (Louis XV), inventé, dessiné et gravé par J. M. Weiss, graveur. 1744, in-fol. mar. r, fil. tr. dor.

Reliure de Padeloup, signée.

277. DESCRIPTION des fêtes données par la ville de Paris à l'occasion du mariage de madame Louise-Elisabeth de France, et de dom Philippe, infant d'Espagne. *Paris, Lemercier*, 1740, in-fol. v. *Figures dessinées et gravées par Blondel.*

278. FÊTES PUBLIQUES données par la ville de Paris à l'occasion du mariage de Mgr le Dauphin avec Marie-Thérèse, infante d'Espagne, 1745. — Fête publique donnée par la ville de Paris à l'occasion du mariage de Mgr le Dauphin avec Marie-Josèphe de Saxe, 1747. 2 part. en 1 vol. in-fol. d.-rel.

Figures dessinées et gravées sur les dessins de Blondel. Les planches des chars se trouvent dans cet exemplaire.

279. FÉLIBIEN. Histoire de l'abbaye royale de Saint-Denys en France. *Paris*, 1706, in-fol. d.-rel. *Plans et figures.*

280. CHEVALIER. Histoire de Guillaume III. *Amsterdam*, 1692, in-fol. v.

Médailles, inscriptions, arcs de triomphe.

281. B. de MONTFAUCON. L'Antiquité expliquée et représentée en figures. *Paris,* 1719, 5 vol. in-fol. v. (*Volumes dépareillés.*)

Nombreuses figures.

282. ANTIQUÆ URBIS SPLENDOR, opera Jac. Lauri. *Romæ*, 1612, in-4 obl. vélin, 166 planches.

Exemplaire de dédicace aux armes d'Urbain VIII.

283. GUILL. DU CHOUL. Castramétation des Romains. *S. l. n. d.,* in-4, vélin. (*Le titre manque.*)

Édition ornée de nombreuses et belles planches et de lettres variées.

284. ANTIQUITÉS étrusques, grecques et romaines, gravées par David, avec un texte par d'Hancarville. *Paris,* 1787, 5 vol. in-4, v.

285. LE ANTICHITA di Ercolano. *Roma*, 1789, 5 vol. in-4, d.-rel. 246 planches.

Peintures, 3 vol.; bronzes, 1 vol.; lampes, 1 vol.

---

286. PIRANESI. Ouvrage complet, texte et planches. — Antiquités romaines, magnificences de Rome et de la Grèce, etc. *Deuxième édition.* 29 tomes en 27 vol. in-fol. cartonnés, non rognés.

Exemplaire neuf, acquis au prix de 1,800 francs.

---

287. REMBRANDT. Vieillard assis, ancienne épreuve encadrée. (*Avec un envoi de Ch. Blanc.*)

288. KRAUFSEN. Historischer Bilderbibel. *Augsburg*, 1705, in-fol.

Collection de figures pour la Bible, compr. plus de 200 cartouches variés.

289. ÉCUSSONS DES PAPES, 56 planches in-4, d.-rel.

290. FRISON. Théorie pratique et instrumentale, contenant plusieurs ordonnances d'architecture. *Amst.,* 1639, in-4, vél. figures.

291. KLAUBÉR. Historiæ biblicæ Veteris et Novi Testamenti. 1748, in-fol. oblong.

74 planches d'une tres-riche ornementation.

---

292. GAZETTE DES BEAUX-ARTS, courrier européen de l'art et de la curiosité. *Paris,* 1859-69, 11 années gr. in-8, fig. d.-rel. mar. br. Les deux dernières en livraisons.

Collection précieuse et rare.

FIN.

RED. :

18

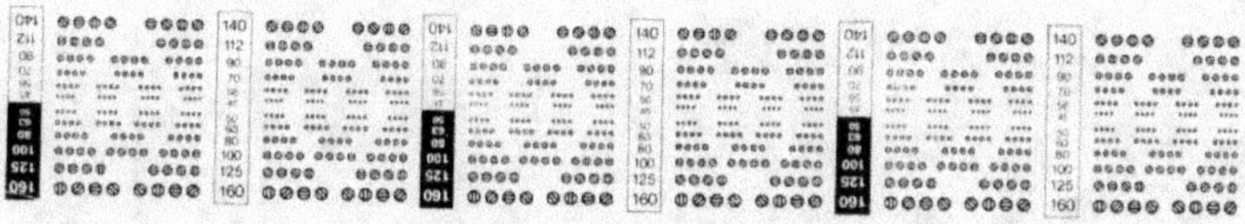

MIRE ISO N° 1
NF Z 43-007
AFNOR
Cedex 7 - 92080 PARIS-LA-DÉFENSE

graphicom

0 1 2 3 4 5 6 7 8 9 10